시퍼런 아스팔트 위에서

박병호 지음

차 례

과감히 _8
시커먼 무언가 _9
이미 _10
또 보고싶다 _11
꽃잎을 떼면서 _12
쫑긋 _13
소중해 _14
같이 놀자 _15
열성으로 사는 사람 _16
잠시 멈추었던 이유 _17
영원과 순간의 입맞춤 _18
피어나리라 _19
부재 _20
일장춘몽 _21
결국 원했던 건 _22
허허벌판에서 _23
알 수 없다. _24
눈물 중에 흐르는 기도 _25
파랗게 _26
중력을 깨닫기까지 _27
두 손 모아 _28

회색 인간 _29
늘 그러하길 바라 _30
핏기 어린 손 _31
일상 _32
빗방울 _33
얼룩은 없다 _34
심해 _35
없다 _36
개화 _37
쉼표 하나까지 _38
숲에서 숲으로 _39
떨어지다 _40
망망대해 _41
쏘옥 빼내어서 _42
무지개는 무엇일까 _43
오늘 참 포근했어요 _44
기도 _45
잘 자 _46
폭우 속에서 _47
제일 사랑하는 시인 _48
또 반가이 _49

잘 자 _50
편지 _51
이름을 잃어버린 _52
깨어지다 _53
끝내, 마침내 기도하다 _54
먹물 삼아서 _55
그는 나의 _56
검은 눈물 _57
무지개 _58
나뭇잎 _59
"그때 보자. 안녕!" _60
고맙습니다 _61
오늘도 흐림 _62
바라볼게 _63
기억할게 _65
보고 또 보니 _66
이제는 _67
겨울 _68
안녕 _69
실은 그렇지 않아 _70
봄을 기다리며 1 _71

봄을 기다리며 2 _72
영원하길 _73
찰나 _74
단빛 _75
텅 비다 _76
과연 내일은 _77
예뻤어 _78
잔향 _79
애가 _80
무제, 그리고 무(無) _81
그렇게라도 _82
잊혀지고 있는 걸까 _83
변함없이 _84
그루터기 안에서 _85
그렇게 바라보고 있어 _86
오늘도 깨어집니다 _88
아직도 뒤척이면서 _90
너울 _91
날갯짓 _92
바다를 보는 것 _93
숨바꼭질 _94

곧 다가오기에 _95
거기는 어때 _96
터널 속에서 _98
빛의 잎새를 따라 _99
자화상 _100
나비가 되어 _101
어서와요 _102
시, 선 _103
낙조 _104
점 하나 _105
오늘도 _106
하마르티아 _107
태초부터 _108
시월 어느 날 _109
직면 _111
기적 _112
모레도 모래 _113
이름 _114
기도 _115

과감히

죽음이 위로를 받는 곳
과감히 뛰어내린다.

그 무엇도
나를 기다리지 않더라도

본능을 배신한 채로
한 번 더 과감히.

거기서
나를 기다렸던 건

눈물을 조용히 삼키는 생명
폭풍우를 향해 나아가는 평안

그래서 오늘도.

시커먼 무언가

모든 것이 잠잠해진 뒤에
모이 주듯이 시선을 주다 보면

수면 위로 떠올라
정체가 드러나기 시작한다.

그것이 맑게 하는 무언가인지
아니면 온통 시커먼 무언가인지

두 눈으로 똑똑히 보게 되자,
모든 시선을 거두고 도망치고 싶었다.

결국 마주한 것은
내 이름을 떼고 욕망으로 이름 붙인

나 자신이었으니
욕망으로서 살았으니

이미

울음을 긁어모아
내던져 버린다.

다시는 되돌릴 수 없게.

슬픔을 가득 채워
내동댕이친다.

다시는 담아둘 수 없게.

그렇게
나에게서 떠나갈 수 있도록
그대도 떠나버릴 수 있도록

또 보고싶다

아직 쓰여지지 않은 편지
아직 언어가 되지 않은 마음

내 눈가를 스쳐 지나가고
내 귓가에 머물다 가고
내 머릿속에 그 잔향을 기일게

남긴다.

이 세상에 없는 편지
해지고 해질 정도로

읽고 또 읽으면서
오늘 밤을 지새운다.

꽃잎을 떼면서

상처 위에 피어난 꽃
입술 꽉 깨물고
힘겹게

꺾는다

수백 번 망설이고
수천 번 머뭇거리다가

어느새
먼길 걸어가
잠들지 못하는 밤에 도착했다.

꽃잎 하나하나 떼고 또 뗀다.

나를 바라보던 두 눈
편히 감을 수 있을 때까지

쫑긋

습관적으로 나오는
작디작은 말습관

이제는 글자 하나에
귀가 재빠르다.

지극히 사소한 소리에
묻은 향기를 따라

두 귀가 날갯짓하면서
너에게로 나아간다.

소중해

하루를 내어줄 순 없지만
그 무엇보다 값진 한 시간을 줄게

선물해 줄 수 있는 게 별로 없지만
진심을 먹물 삼아 편지를 써서 보낼게.

설렘
혹시나

그 무엇도 줄 수 없다면
내 생각과 마음에

가득하게.

같이 놀자

방구석으로 놀러 가자

좀 꿉꿉해도 괜찮고
어지럽혀 있어도 좋아

네가 있는 곳 어디든 놀러 가자

모든 대답이 침묵이어도 괜찮고
갑작스럽게 약속을 취소해도 좋아

너의 마음속으로 놀러 갈 거야
어둡고 침침한 곳에 혼자 있으면 심심하니

같이 놀자
같이 있자

열성으로 사는 사람

마음속에 불이 있는 사람은
폭풍우 속에서도 찾아낸다.

마음속에 불이 있는 사람은
엄동설한을 마주하면서도 놓치지 않는다

마음속에 불이 있는 사람은
제 온기를 겸손히 나눌 줄 안다.

마음속에 불이 있는 사람은
오늘도 누구를 위해서 무엇을 위해서
스스로를 태워야 하는지 알고 있다.

잠시 멈추었던 이유

매년 벚꽃이 아름답게 지던 자리에서
우리는 어린 시절을 보냈다.

기차가 먼 길 떠나는 동안
신호등 앞에서 함께 멈춰 서는 법을 배웠고
그 짧은 시간 작은 정 나누는 법을 배웠다.

언제부턴가 벚꽃이 아름답게 피어나도
너도나도 우리도 거기엔 없었고

서로 다른 곳 향한 두 기차
서로 다른 추억을 실은 채,

어디론가.

영원과 순간의 입맞춤

그 누구도 이슬 맺히는
순간 모르고 심정 모르듯

그 누구도 향 스치는
순간 몰랐고 심정도 몰랐다.

찰나의 순간
영원한 가치

이 두 가지가 입맞춤하는 새벽 어느 때
이슬이 눈에 맺히는 그 순간

나도 몰랐고 우리도 몰랐기에
새벽 일찍 일어나 두 손 모은다

피어나리라

마음에서
꽃이 피어나는걸
본 적 있나요

그 향기에
매료되지 않는다면

그 수려함에
시선을 뺏기지 않는다면

지루함을 뚫고
겨우내 싹 틔우는 걸 바라본다면

이미 그대 마음속에
꽃은 피어나고 있습니다.

부재

눈물 떨어지는 소리
한 방울 깨어지는 소리
그렇게 우리 시선에서 사라지는 소리

이제 언어 대신에
없어지는 것을 위해 없어지고 있는

그러한 것
그러할 것

그 언어가 되어가고 있다.

일장춘몽

지나간 봄
새소리 지저귀던 나무 아래
조신하게 피어난 꽃이 있었는데

함께 벚꽃 떨어지는 걸 보았고
함께 낙엽길 부스럭거렸는데

이름이 무엇이었을까
추억은 있는데 이름이 없다.

결국 원했던 건

내가 원했던 건

눈물 한 방울 속
자그마한 온기였는데

네가 원했던 건

새파란 점 하나

툭 떨어지고
깨지는 것이었구나

허허벌판에서

숲속에서
무언가 계속 코끝을 찌른다

풀냄새도 아니고
꽃향기도 아니고

빗 내음에 가까운 무엇
자꾸만 쏟아져 내렸다

숲속에서
무언가 계속 나를 젖어 들게 한다.

어디로 가는지도 모른 채
무엇을 향하는지도 모른 채

터벅터벅

알 수 없다.

활짝 핀 얼굴에 밝은 미소
이것이 네 모습이라 말하지만

사진 속에 너는 없다.

이런저런 추억 나누며
하나의 앨범 만들고
이것이 우리라 말하지만

거기에 우리는 없다.

내 마음에 닿은 네 정성
네 마음에 닿은 내 진심

이것만이 우리를 알고 있다.

눈물 중에 흐르는 기도

알 수 없는 눈물이 흘렀습니다.
누구를 위한 눈물인지도 모르고
무엇을 향한 눈물인지도 모른 채

툭! 터져 쏟아졌고
끊임없이 흘러내립니다.

분명
사랑 많아서 눈물도 많은,
그래서 참 많이 아파했던

당신의 눈물
제 눈에서도 흘러내립니다.

파랗게

푸른 별 아래
푸르지 못한 우리들

하늘도 바다도
변함없이 푸르른데

우리는 시퍼런 멍
열심히 숨기며 살아가고

무언가 이뤄내고자
시퍼런 물방울 쏟아내며 산다.

만일 우리가 신의 형상이라면
그가 우리를 보고 있다면

그의 푸른 눈동자 안에서
영원한 청춘일 수는 없는 걸까

중력을 깨닫기까지

책 넘어가는 소리
발소리로 이어지지 못했고

메모지가 쌓여가도
행동은 언제나 가벼웠다.

사랑이든 책임이든 뭐로서든
당연시 여겼던 시공간이
뒤틀려지고 나서야

그제서야
중력을 깨닫는다.

두 손 모아

머리에서 멀리 떨어진
손 모아 곰곰이 생각한다.

떠오른다.
털어내야 했던 것

떫어진다.
부끄러운 생각과 태도

떨어지고 싶다.
마주하기 싫은 내 모습

더 있고 싶다.
그런 날 내치지 않는 그대

회색 인간

결국 무던해지고
굳은살을 내보인다.

눈물 한 방울 없다며
많은 이들 등 돌리지만

저 하늘의 울분 받아내기 위해
이 땅의 눈물 품어주기 위해

다시금
잿빛 표정을 지으며
아스팔트 세상을 공감하고

하늘의 푸르른 뜻에 젖어 들기 위해
가난한 마음으로 건조해진다.

늘 그러하길 바라

보름달아
무엇으로 가득 차 있길래
어쩜 그리도 밝은가

밤하늘아
무엇으로 가득 차 있길래
어쩜 그리도 광활한가

내 사랑아
무엇으로 충만하기에
너무도 사랑스러운가

핏기 어린 손

핸들을 쥐었으니
쉽게 꺾어서는 안 되었고
쉽게 멈춰 서도 안 되었다.

핸들을 쥐셨으니
꺾인 나 대신 그가
멈춰 선 나 대신 그가

충돌을 일으켰고
사방이 시뻘겋게 물들기 시작했다.

핏기 지워지지 않아
부르르 떨리는 손

그가 핸들 삼아 쥐셨기에
그와 같을지라도

오늘 꺾이고 멈춰 설지라도
꺾이지 않고 멈추지도 않으리라

일상

쉽게 내뱉었던 단어
한없이 무거워지고 있다.

머릿속을 헤집어 놓고는
사유의 흐름을 거스른다.

내 귀에 머무르는 그 단어
내 눈을 사로잡는 그 단어
내 입을 잠가버린 그 단어

그 가치

머리와 손발보다
더 멀리 떨어져 있었다.

빗방울

빗방울 하나에
견고하리라 믿었던 것
모래 한 줌이 되어버렸다

빗방울 하나에
잊었다고 생각했던 것들
머릿속에서 범람해 버렸다

빗방울 하나에
끄적거리던 단어도

이제

얼룩은 없다

여기에 얼룩은 없다.
땀으로 새긴 흔적뿐이다.

가볍지도 않고
쉽게 드러나지도 않는다
땀 한 방울에 무게와 서사가 있다.

이러한 것에 등 돌린다면
얼룩조차 없을지도

심해

시퍼렇게 멍든
굳은살을 보고
바다를 닮았다고 생각했다.

얼마나 힘들었을까
얼마나 삼켜야만 했을까

사람들은 파랗다고 하지만
나는 검은색을 본다.

사람들은 좋아하지만
나는 가슴이 미어진다.

없다

눈물이 흐르지 않는다
닿을 곳이 없다.

입이 바짝 마른다.
들어줄 귀가 없다.

넘쳐흐르고 있는데
축축하게 젖어 있는데

무언가가 없다.

개화

힘들게 꽃피운 미소는
너와 그분의 것

저물어 가는 노을은 그들의 것
쓸쓸한 퇴장은 나의 것

하늘과 땅처럼
함께할 수 없다면

너 있는 모든 곳은
언제나 천국이길

내 발이 닿는 곳에선
이제 나의 꽃이 피어나기를

쉼표 하나까지

쉼표 하나가
마침표 하나보다 더

오래 걸렸다

긴 호흡으로 달려가는 것이
숨 돌릴 틈 없는 것보다

버거웠다.

익숙한 단어들
낯설게만 느껴지면서

예쁜 시를 닮은 너는
알 수 없는 단어들 뒤로 숨어버렸다.

그제야
마침표 대신 쉼표를 찍는다

숲에서 숲으로

숲속에서 뛰놀고
너른 그늘에 쉬었던 아이

이제는 바람만이 무성한 그곳에서
지나간 시절을 거닐고 있다.

보이지 않는 숲속으로 들어가
다시금 길을 헤매어 본다.

그리운 손길 그리운 목소리
하나하나 더듬으면서

이전과 똑 닮은
또 하나의 숲이 되어간다.

떨어지다

가녀린 이파리 끝자락에서
이슬 하나 떨어지지 않으려

힘 다할 때까지
시선 떨구어지지 않으려

떨어져 깨어지기까지
기꺼이 부서지기를 선택한다.

척박했던 땅
그중 흙먼지 하나

아침 햇살에 젖을 수 있도록
이제 자기 자리를 내어주고

툭

떨어진다.

망망대해

푸르게 무르익는걸
좋아했는가 사랑했는가

생의 한기는 물러서질 않는데
눈 감는 건가 등 돌리는 건가

시선도 뺏기고
온정도 뺏기며

남은 건

갈피 못 잡는

마음뿐

쏘옥 빼내어서

과거는 놓아두고
추억만 쏘옥

실패는 버려두고
경험만 쏘옥

빼낼 수 있을까
그렇게 받아들일 수 있을까

그랬던 나도,
그럴지도 모를 나도

소중한 나 자신이므로
그래서 소중히 여길 것

과거도 추억도 실패도 경험도
소중하게 여기면서,

사랑할 것

무지개는 무엇일까

무지개가 보이지 않는다
어디서도 보이지 않는데

자꾸만 찾으라고 하고
누군가는 만들어 내라고 한다.

내 마음대로 그려내면
그게 무지개라고 말하던데

삐뚤삐뚤한 직선 곡선 점선뿐이고
잉크도 벌써 날아가 버린다.

무지개는 무엇일까
어쩌면 무지개는 그 무엇도 그 누구도 아닐지도 모른다.
어쩌면 무지개는 이미 지나가 버린 것

또는 다시금 오기를 갈망하는
그 모든 것이 아닐까

오늘 참 포근했어요

새벽부터 마주한
이슬 한 방울

내 시선에 온기를 더해 주었다.

추적추적 내리는
빗방울

내 기분을 따스하게 적셨다

내 발걸음 닿는 모든 곳
한 번에 담아내는 하나의 눈망울

내 영혼이 그대 마음에 젖어 들기에

기도

노을 보이지 않는 거기서
뭘 보고 있는 걸까

별 하나 보이지 않는 데서
뭘 세아리고 있는 걸까

그 무엇도 찾을 수 없는 데서
뭘 기다리고 있는 것일까

끝끝내 닿게 될 것은
미미하게 여겨질 간절함
아니면 희미하지만 분명한 무언가

둘 중 하나

잘 자

째깍째깍
너의 밤이 환해지는 소리

째깍째깍
너의 기분도 한층 풀리는 소리

재깍재깍
쉼을 얻은 너의 숨소리를
조심스레 보듬어 주는 새벽 소리

폭우 속에서

쏟아져 내린다.

모든 향기가 흠뻑 젖어 사라지고
모든 기억이 씻기어 내려간다.

이제 기억할 수 있는 건
메마른 마음을 끝없이 때리는

눈물 한 방울
실망 한 방울
섭섭함 한 방울

고작 몇 방울에
쏟아져 내린다.

제일 사랑하는 시인

어느 시인이 있었습니다.

그는 한 여자의 안식을 위해 헌신했고
또 다른 이의 비전을 위해 헌신했으며

소중한 모든 사람에게
스쳐 지나가지 않는 봄을 선물했습니다.

유작은 없지만
유산은 여기에 있습니다.

시인이 노래한 모든 것이며
시인이 살아낸 모든 것입니다

또 반가이

벚꽃 사이로 핀 모양새가
새초롬하다.

만연해 있는 봄기운에
아이처럼 신난 얼굴이다.

다음에 또 인사할 때
너 닮은 표정으로 반기련다.

잘 자

잘 잤어? 라는 물음에
배시시 웃기만 한다.

잘 자라는 카톡에
오늘도 고맙다고 말한다.

오늘 밤도
내일 밤도

너의 모든 어둠 속에서 그러하길

편지

아직 버리지 못한 편지
시선을 떼어내지 못했다.

먼지 쌓인 건
누구의 마음이었을까

새겨진 건
누구의 정성이었을까

이름을 잃어버린

흙먼지 수북이 쌓인
상처 위에 꽃이 피어났다.

사람들은 꽃을 보며
이뻐하고 즐거워한다.

그렇게

상처는 제 이름을
잃어버리고

사람들은 꽃의 이름만
반가이 부른다.

그렇게

상처는 한 번 더 외면당한다.

깨어지다

창문이 깨졌으니
칼바람만 불어올 수밖에

마음이 찢어졌으니
채워지지 않을 수밖에

네가 없으니
그럴 수밖에

끝내, 마침내 기도하다

시를 쓰기에
손가락이 주저하던 날

단어 하나 내뱉기에
입술이 무거웠던 그날 밤

딱 하나만
그저 단 한 문장만

많은 걸 바라지도 않으니
제발 한순간이 주어진다면

아무 말 없이 기도를 토해내리라

먹물 삼아서

누구에게도 보이고 싶지 않은
시커멓고 새카만 어둠

누구에게도 드러내고 싶지 않은
깊고도 깊은 어둠

그 모든 것
내 모든 것

이제 먹물 삼아
오늘도 시를 써 내려간다.

그는 나의

그는 나를
어둠이라 부르지 않고
내 이름으로 불러 주었다.

그는 나에게 드리운
어둠 속에서 나를 찾아내었고
거기에 내 이름을 붙여 주었다.

검은 눈물

검은 눈물이
떨어진다.

백지처럼 아무것도 없는
오늘과 내일 그리고 인생에

검은 눈물이
끝없이 떨어진다.

먹물처럼 짙어져
어둠뿐이라 생각했는데

무언가 새겨져 있었다.

잘 모르겠지만
그것을 '의미'라고 부르기로 했다.

무지개

눈물 사이를 거닐며
무지개를 꿈꾸어 봅니다

흐릿해지기도 하고
무채색 범벅이 될 때도 있지만

무지개를 거닐며
눈물이 그치기를 꿈꾸어 봅니다

나뭇잎

힘없는 나뭇잎
바람에 제 몸 기댈 줄 안다.

정처 없는 나뭇잎
계절에 인생 내어버릴 줄 안다.

결국 흙바닥에 입맞춤할 것도 알고
괜찮다는 듯 미소를 짓는다

그런 너를 닮아
가녀린 가지에 매달린

또 다른 너
나도 너처럼 될 수 있을까

"그때 보자. 안녕!"

화면과 화면 사이
무념무상만이 떠다니고

대면하여 생긴 침묵의 강
존재가 존재를 향해 흘러간다.

손보다 작은 공간에서
우주보다 큰 황량함이 펼쳐지는데

네 개의 눈망울로 이어진 은하수
이야기로 넘쳐난다.

고맙습니다

날이 맑아서
봄을 그리워할 필요가 없네요.

맑은 미소가 있어서
더 이상 꿈꾸지 않아도 되겠어요.

이미 여기에
피어나고 있어서

벚꽃 흩날리는 계절
기꺼이 맞이할 수 있겠어요.

오늘도 흐림

둥둥 떠다닌다.
별 하나 달 하나
마음 하나 생각 하나

밝게 비춰주는 것 없이
중심을 잡아주는 것 없이

별 하나 달 하나
마음 하나 생각 하나

흩어지는 것일까
흩뿌려지는 것일까

바라볼게

잔흔을 살펴보아도
아무것도 없는걸

더 가까이 더 깊게 보아도
어둡기만 할 뿐 아무것도 없는걸

그래도 마음을 더 기울이다 보면
시선을 뺏기며 블랙홀에 빨려 들어갈지도 몰라

그렇게
누구도 닿지 못했던

그렇게
너 홀로 덮어두어야만 했던

그렇게
너 혼자만의 이야기에

이제
우리가.

이제
우리 이야기가.

기억할게

나비 날갯짓
그 땀방울

아무도 모르게
빠르게 날아간다.

아침 해를 기다린 풀꽃
이슬 같은 그 눈물

아무도 모르게
빠르게 증발한다.

누가 기억하랴

보고 또 보니

너의 어두움을 본다.

힘들게 쥐어짜 낸 노고
먼지처럼 흩어지는 것도

마음이 둥둥 떠다니는 허공
기댈 곳 쉴 곳 없이… 또다시

거기서 보고 또 본다.

어두움에 가려져 볼 수 없는
네가 그려내는 광활한 우주

이제는

자주 왔었는데
분명 여기 어딘가에서
매번 무언갈 하곤 그랬는데

기억 속을 휘저어봐도
잡히는 것도
떠오르는 것도

없이

주인 없는 세 글자와
누구를 향해 웃는지 모를

미소뿐이다.

겨울

봄을 기다릴 줄 모르는
찬 바람

오늘도 반긴다.

열매 맺는데
관심 없는 나무들

오늘도 쓰다듬는다

다들 봄을 바라보지만
나만 등지고 겨울을 바라본다.

안녕

눈을 떠보니
비가 내리고 있었다.

매우 노랗고 매우 밝은 비
온 세상을 그렇게 적시고 있었는데

다시 눈을 떠보니
녹아내리고 있었다.

겨울이 지나면 봄이 오리라는
그 수북한 것들
그 새하얀 것들

그 모든 게
사라지고 있었고

그 모든 게
온 마음을 적시고 있다.

실은 그렇지 않아

아주 작은 상처인데
도대체 무슨 일이 있었냐고 묻는다

아무것도 아닌 일인데
정말로 괜찮냐고 묻는다

이게 내 모습이고 내 삶인데
너는 눈물을 흘리고 있다.

봄을 기다리며 1

오늘 겨울바람엔
차가움만 있는 게 아니더군요.

꽃향기가 사알짝 묻어 나왔는데
곧 오려나 봅니다

봄을 기다리는 마음으로
화알짝 미소를 펼쳐서

곧 다가올 것을 기대합니다.

봄을 기다리며 2

모든 게 벚꽃과 같은데
겨울꽃 앞에 서서 망설인다.

모든 게 눈 녹듯 사라질 텐데
오지도 않을

영원한 꽃

또 망설인다.

영원하길

너 그대로 있어서
내가 편히 쉬어갔고

너 그대로 있을 것이기에
또 누군가 안식을 취할 테니

여전히
변함없이

너답게
너만이 있을 수 있는

바로 그 자리에서

찰나

아주 사알짝
묻은 향기

이미 사라졌지만
마음속 어디선가 연기 피어오르듯

감각을 집중시켜 보고
애타게 떠올리며 불을 피진다

아

속 타는 냄새뿐이다.

단빛

소나기처럼 내리쬐어도
오히려 그랬기에

목마름 속에서도
갈증 없이 갈망합니다.

폭우 속에서든지
사막 길 위에서든지

갈증 없이 갈망할 것은
언제나 햇빛이 단비처럼 내렸기에

텅 비다

남기고 남기다 보니

거기엔 온기가 없었고
피만 흘려져 있었다.

거기엔 찬란함은 없었고
그 무엇에도 요동하지 않는 바위뿐

거기엔 아무것도 없어서
아무것도 없으며,

아무것도 없을 것이다.

과연 내일은

일요일의 눈물은
월요일의 건조함 앞에 쉽게 메말랐고

일요일의 열기는
월요일 새벽바람에 쉽게 날아갔다

월요일도 화요일도
분명히 있었는데

어제는 있지만
오늘은 없고

지금 여기에는

예뻤어

어두운 밤
포근한 품을 펼치도록

하나뿐인 별
제 아름다움 비추도록

매일 하나씩
지우고 가리고 떼어내고

하나뿐인 별만 남도록
지우고 가리고 떼어낸다.

잔향

은연중에도 코끝을 툭! 치고
지나가고 흩어져 버리고 사라진다.

저 멀리 하늘 끝에서부터 시작된
머나먼 여행 끝에, 이내 지친 것일까

지나간 추억을 겨우 더듬어
느껴지는 향기조차도 사랑스러우니

부디 이 잔향은
영원토록 오래도록

그대를 위한 기도가 끝날 때까지

애가

눈물이 더 깊어진다.

새빨갛게 달아올랐다가
결국에 잃어버린다.

무어라 울어야 할지
무어라 토해내야 할지

잃어버린 채로
끝을 알 수 없는 채로

깊어지고
또 깊어진다.

무제, 그리고 무(無)

끄적이다가
단어의 무게에 짓눌려
연필심이 부러진다.

써 내려가다가
나 자신을 마주하게 되었을 때

사각사각거리던 소리
자취를 감춘다

아무것도 없는데
아무거나 적고 있다는 사실에

또다시 연필심이 부러진다.

그렇게라도

아무것도 보지 못할 바에야
너의 등을 하염없이 바라볼 수밖에

아무것도 보지 못할 바에야
너의 부재 속에서 한숨 내쉴 수밖에

아무것도 바랄 수 없을 바에야
간절함이 닿을 수 있는 데까지

깊은 탄식을 쏟아낼 수밖에

잊혀지고 있는 걸까

이름 석자를
다 쓰지 못하는 이유

그날 우리 사이에 흘렀던
그 바람 그 추위는 알고 있을 테지

이름을 떠올리기만 해도
무지개가 흐려지는 이유

그날 힘 없이 떨구어져
먼지도 되지 못한 눈물 조각들은 알 테지

모를 리가 없는데
잊혀질 리가 없는데

이름 석자
떠오르다가 만다.

변함없이

나무가 외로울까봐
나뭇잎 아직도 붙어 있다.

나무가 추위에 벌벌 떨까봐
나뭇잎들 옹기종기 모여서 바람 막아 준다.

너 외로울까봐
이렇게 끄적이는데

네가 아니라 내가
나무였구나

내가 아니라 우리가
서로에게 나뭇잎이었구나

그루터기 안에서

잿더미 가운데서
그루터기를 겨우 찾아
거기에 몸을 앉히고 노래를 부른다.

듣는 사람 아무도 없지만
음정과 박자가 맞지 않지만

공허하게 울려 퍼지지만
그루터기 위에서 노래를 부른다.

적어도 한 사람은
무엇을 노래하는지
무엇을 갈망하는지

무엇을 잃어버렸고
무엇이 회복되어야 하는지

알기 때문에
오늘도 토해낸다.

그렇게 바라보고 있어

빗방울 소리처럼

똑 똑 똑
똑 똑

똑

끝없는 두드림 끝에
두 눈망울을 화알짝 열었다.

그렇게 마주한 것
아름다운 무지개도
봄향기 가득한 꽃밭도 아니었다.

사연 많은 빗방울
그 하나하나 헤아린 끝에 본 것은

너무도 여린 체구에 어울리지 않는
우주보다 크고 짙은 어두움이었다.

오늘도 떨어질 빗방울
쏘옥 안길 수 있도록

두 눈망울 화알짝.

오늘도 깨어집니다

눈물 한 방울
담기에도 버거웠는데

또
눈물 한 방울

계속 한 방울
끊임없이 한 방울

떨어지니
결국 깨져버렸습니다.

슬픔의 바다에
한없이 깊게 잠기어서

눈물 한 방울
담기에도 버거웠는데

눈물 한 방울이
담고 있는 모든 아픔을 품는

그 바다.
내 속에 담기어졌습니다.

아직도 뒤척이면서

자동차 소리, 신호등 소리,
발걸음 소리, 그리고 숨소리마저도

곤히 잠들었는데
물방울 하나는 계속 몸을 뒤척인다.

누구도 제 이름 불러주지 않아서
무엇도 제 온기 나눠주지 않아서

그저
침묵으로 외칠 뿐이다.

너울

파도 일렁이는 소리보다
물방울 떨어져 울렁이는 소리에

시선이 한 데 몰리고
마음도 뒤따라 발걸음을 옮긴다.

아직 굳어지지 못해
보드라운 마음에 금 간 것은 아닌지

이리저리 살펴본 뒤에야
파도 일렁이는 소리가 들려온다.

날갯짓

칠흑 같은 허공 속 날갯짓
그 끝에서 안전하게 두 발을 딛는다

잠깐 있었다가
다시금 날아오르고
다시금 허공에다 날갯짓한다.

모든 게
어둠에 묻히는 걸 알지만
변함없이 허공에다 날갯짓한다.

안전한 곳에서 발을 떼고
또다시 날아오른다.

바다를 보는 것

평온함 밑에
언제나 알 수 없는 것들이 묻혀져 있고

고요함 아래
감히 헤아릴 수 없는 것들이 요동치고 있을테니

너를 아는 것
언제나 전부일 수 없었고

네가 나를 아는 것
네가 내 심연에 한번 발 담궈보는 것

전부
바다를 보는 것과 같으니

같이
바다나 한번 보러 가기로 약속했다.

숨바꼭질

오늘도
너는 온데간데 보이지 않고
그저 흔적만 남길 뿐이다.

더듬거리며
겨우 찾아낸 땀

수고했다며 바람이 토닥이고
고생했다며 바다가 품어준다.

오늘도 보이지 않아
온데간데 돌아다니며

바람 부는 곳으로 가고
바다도 닿지 않을 곳으로 떠난다.

거기서도
그대의 흔적 누리며
숨바꼭질하며 살 것이다.

곧 다가오기에

깃털이 내게 날아와
눈앞에서 춤춘다.

무엇이 그리 즐거운지
무엇이 곧 다가오는지

민들레처럼
깃털이 날갯짓하며 춤춘다.

꽃들도 나뭇가지들도
햇빛도 바람도

내 마음처럼
곧 다가올 영원한 따스함
바라는 것처럼

여러 손짓, 발짓으로
즐거이 춤춘다.

거기는 어때

추억 젖은 손 편지
만지작거리는 소리 안에도

너는 없다.

흐릿한 기억 속
잊혀지지 않는 네 향기 속에도

너는 없다.

추억을 더듬어
겨우 그리고 그리는 데도

너는 없고
애타게 찾는 나 자신만 있다.

내가 닿지 못할 그곳에는
내가 없더라도

네가 닿지 못할 지금 여기에는
다시금 네가 있어 주었으면

터널 속에서

들리는 건

외로이 걷는 발소리
어디에도 기댈 데 없는 숨소리
뿐

보이는 건

그 깊이를 알 수 없는 공허함
그 길이를 알 수 없는 불안
그 모든 어둠

그저 바라는 건

아주 작은 촛불
아주 작은 목소리

잠깐이라도 스쳐 지나가는
미세한 온정

빛의 잎새를 따라

흩날려지는 빛의
그 잎새들을 따라가면 어떨까

그림자는 더 선명해지고
뒷모습은 더 무거워지겠지.

해 뜰 무렵 참새 지저귀듯
미세한 빛줄기 하나가

눈가 스쳐 지나가며
한번 따라오라며 손짓하는데

보지 않은 척,
눈짓으로 화답하고는

그림자와 뒷모습
어깨 한쪽에 둘러메고

동굴 밖으로 나선다.

자화상

그림 한 점 없는
불 꺼진 미술관

뚜벅뚜벅

무언가 찾는 듯
더듬는다

뚜벅뚜벅

눈에 불 켜고
그는 아직도 찾아 헤매고 있다.

나비가 되어

나비야
앉아서 쉬어갈 구석 찾고 있니

여기에 그런 곳은 없단다
있는 거라곤
흩뿌려진 잎사귀와 앙상한 가지

나비야
도대체 어디서 무얼 찾고 있니

여기에 네가 찾는 건 없어
청량한 소리 내며 흐르는 개울도 없고
그저 비치는 거라곤 잿빛 구름뿐

나비야
그런데 왜 여기로 왔니

하나만 물어보자
내가 너를 바라보는 것이니
네가 나를 찾아온 것이니

어서와요

오늘은 누가 찾아올까요

공허함?
헛헛함?

이 친구들
오늘도 자기 친구들 데려와
없는 온정도 옹기종기 나누고 있네요.

누가 찾아올까요
어딘가 허전한 사람들?

아니요.

무엇으로 채워야 하는지 알고 있는
바라볼 줄 아는 시선
화알짝 펼쳐놓은 귀

시, 선

기일게 늘어졌다가
드디어 짧게 이어졌다.

멀어지지 말라고
꽉 묶었더니

두 개의 시선으로

툭

끊어져 떨어진

선

누구도 넘으려 하지 않았다.

낙조

오묘한 빛깔이
하늘을 뒤덮을 때

더 빠르게 달아나고선
더 길게 잔향을 남기는 걸까

찰나의 순간
아주 짧은 온정을 남기고
머얼리 떠나버리는 걸까

점 하나

광활한 우주
아주 자그맣게 찍힌

점 하나

이름도 없이

수천 번
수만 번

밤이 지났고
시선 하나와 마주한다.

여전히 이름은 없지만
'네'가 있어서 '나'도.

오늘도

빛이 있는 곳에
사람이 모여들고

찬란한 곳에
시선이 모여든다.

그렇게

한 구석은
더 어두워지고
그대로 방치된다.

하마르티아

가장 깊은 곳
그래서 가장 어두운 곳

그곳에서 피어나는 건
꽃일까 어둠일까

꿈을 꾸는 걸까
꿈속에 빠지고 있는 걸까

가장 어두운 곳
그래서 더 깊이 들어가는

태초부터

처음부터 날개는 없었고
처음부터 나 자신도 없었다.

그저 하나의 몽상이 있었고
그 속에서 살아있음을 느꼈다

애초부터
꿈은 없었지만
창조는 영원했다.

시월 어느 날

시월

어린 잎새가
아직 무르익기도 전에
녹빛이 가시기도 전에

종말을 향해 달려가는 세월 앞에
그저 눈물 훔칠 뿐
일단 물방울 넣어두고 탈바꿈할 수 밖에 없었다

시월

어린 잎새가 낙엽 마주하지 못해
가슴 시렸던 그날

낙엽이 어린 잎새 안아주지 못해
힘없이 차가운 바닥에 누워야 했던 그날

시월

저물어 가는 것들 사이에서
이미 저문 것을 생각하는 오늘

직면

지옥을 향해 발걸음을 내디딘다.
욕설이 비수가 되었던 그 시간
보이는 것이라곤 수치와 모멸뿐이던 그 장소

발걸음과 함께
끄적이던 연필심이 부서진다.

그 옆에

뚝

떨어진 물방울이
먹물처럼 번진다.

다시 연필을 일으켜 세워

그 옆에
편지를 써서 보낸다.

기적

추억 속에서 길을 잃고
그때 그 향기에 젖어 들고
다시금 마음이 무너지면서

추억을 온종일 헤집는다
그 사이에서 방황하다가

지금 여기를 다시
두 눈 똑똑히 보니

기적이었다.

오늘에 이르는 것도
꾸역꾸역 헤쳐온 것도

금싸라기 흩날리는
기적이었다.

모레도 모래

모래 한 알
내일도 한 알

사흘 뒤, 나흘 뒤에도
모래 또 모래

수분기 하나 없이
바람 한 줌 없이

모래시계 흘러가니
뒤집어엎고 싶을 수밖에

이 모든 걸 사장시켜 버릴 수밖에
끝없이 파란 세계에 내던질 수밖에.

이름

잿빛 사물이 줄지어
무채색 사건이 펼쳐지곤 했고

딱딱하고 떫은 분위기가
나를 휘감곤 했다.

거기에 잘 어울리던 세 글자
회색지대에 획 하나씩
조심스레 새겨지다 보니

무지개에 잘 어울리는 세 글자
노을을 닮아가는 세 글자

바로 내 이름

기도

욕망과 신성이 뒤섞이는
그 순간

그 사이에서 주저하는
나 자신

섞일 수 없던 그것들이
뒤엉키고 분리되고
그렇게 반복되다가

기도하는 두 손처럼.

시퍼런 아스팔트 위에서

초판 1쇄 발행 2024년 03월 11일
초판 1쇄 인쇄 2024년 03월 13일

지은이 박병호

디자인 포레스트 웨일
펴낸이 포레스트 웨일
펴낸곳 포레스트 웨일
출판등록 제2021 - 000014 호
주소 충남 아산시 아산로 103-17
전자우편 forestwhalepublish@naver.com

종이책 979-11-92473-98-7

작가님들과 함께 성장하는 출판사
포레스트 웨일입니다.
작가님들의 소중한 원고를 받고 있습니다.
forestwhalepublish@naver.com